진달래꽃

이음문고

목차

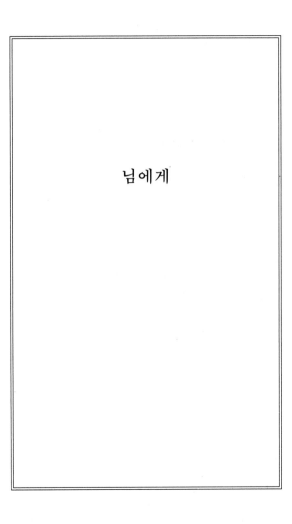

님에게

먼 후일

먼 훗날 당신이 차즈시면
그때에 내 말이 「닞었노라」

당신이 속으로 나무라면
「무척 그리다가 닞었노라」

그래도 당신이 나무라면
「믿기지 안아서 닞었노라」

오늘도 어제도 아니 닞고
먼 훗날 그때에 「닞었노라」

바다

뛰노는 흰 물결이 닐고 또 잣는
붉은 풀이 자라는 바다는 어디

고기잡이꾼들이 배 우에 앉아
사랑 노래 부르는 바다는 어디

파랏케 좋이 물든 남빛 하늘에
저녁놀 스러지는 바다는 어디

곳 업시 떠다니는 늙은 물새가
떼를 지어 좃니는 바다는 어디

건너서서 저편은 딴 나라이라
가고 십픈 그립은 바다는 어디

풀따기

우리 집 뒷산에는 풀이 푸르고
숲 사이의 시냇물, 모래 바닥은
파알한 풀 그림자, 떠서 흘러요.

그립은 우리 님은 어디 계신고.
날마다 피어나는 우리 님 생각.
날마다 뒷산에 홀로 앉아서
날마다 풀을 따서 물에 던져요.

흘러가는 시내의 물에 흘러서
내어던진 풀닙픈 옅게 떠갈 제
물살이 해적해적 품을 헤쳐요.

그립은 우리 님은 어디 계신고.
가엽는 이 내 속을 둘 곳 업서서
날마다 풀을 따서 물에 떤지고
흘러가는 닙피나 맘해보아요.

산 우혜

산 우혜 올나서서 바라다보면
가루막킨 바다를 마주 건너서
님 계시는 마을이 내 눈압프로
꿈 하눌 하눌같이 떠오릅니다

흰모래 모래 빗긴 선창가에는
한가한 배노래가 멀니 자즈며
날 저물고 안개는 깁피 덥펴서
흩어지는 물꽃뿐 안득입니다

이윽고 밤 어둡는 물새가 울면
물결조차 하나둘 배는 떠나서
저 멀니 한바다로 아주 바다로
마치 가랑닙같이 떠나갑니다

나는 혼자 산에서 밤을 새우고
아츰 해 붉은 볕에 몸을 씻츠며
귀 기울고 솔곳이 엿듯노라면
님 계신 창 아래로 가는 물노래

흔들어 깨우치는 물노래에는
내 님이 놀나 니러 차즈신대도
내 몸은 산 우헤서 그 산 우헤서
고히 깁피 잠드러 다 모릅니다.

옛니야기

고요하고 어둡은 밤이 오면은
어스러한 등불에 밤이 오면은
외롭음에 아픔에 다만 혼자서
하염업는 눈물에 저는 웁니다

제 한 몸도 예전엔 눈물 모르고
조그만한 세상을 보냈습니다
그때는 지낸날의 옛니야기도
아못 서름 모르고 외왓습니다

그런데 우리 님이 가신 뒤에는
아주 저를 버리고 가신 뒤에는
전날에 제게 잇든 모든 것들이
가지가지 업서지고 마랏습니다

그러나 그 한때에 외와두엇든
옛니야기뿐만은 남앗습니다
나날이 짙어가는 옛니야기는
부질업시 제 몸을 울녀줍니다

님의 노래

그립은 우리 님의 맑은 노래는
언제나 제 가슴에 젖어잇서요

긴 날을 문밖에서 서서 드러도
그립은 우리 님의 고흔 노래는
해 지고 저물도록 귀에 들녀요
밤들고 잠드도록 귀에 들녀요

고히도 흔들니는 노래가락에
내 잠은 그만이나 깁피 드러요
고적한 잠자리에 홀로 누어도
내 잠은 포스근히 깁피 드러요

그러나 자다 깨면 님의 노래는
하나도 남김업시 잃어버려요
드르면 듯는 대로 님의 노래는
하나도 남김업시 닛고 마라요

실제

동무들 보십시오 해가 집니다
해 지고 오늘날은 가노랍니다
웃옷을 잽시 빨니 닙으십시오
우리도 산마루로 올나갑시다

동무들 보십시오 해가 집니다
세상의 모든 것은 빛이 납니다
인저는 주춤주춤 어둡습니다
예서 더 저문 때를 밤이랍니다

동무들 보십시오 밤이 옵니다
박쥐가 발뿌리에 너러납니다
두 눈을 인제 구만 감우십시오
우리도 골짜기로 나려갑시다

님에게

한때는 많은 날을 당신 생각에
밤까지 새운 일도 업지 않지만
아직도 때마다는 당신 생각에
축엄은 벼개가의 꿈은 잇지만

낯모를 딴 세상의 네길거리에
애달피 날 저무는 갓 스물이요
캄캄한 어둡은 밤 들에 헤매도
당신은 닞어버린 서름이외다

당신을 생각하면 지금이라도
비오는 모래밭에 오는 눈물의
축엄은 벼개가의 꿈은 잇지만
당신은 닞어버린 서름이외다

님의 말슴

세월이 물과 같이 흐른 두 달은
길어둔 독엣물도 찌엇지마는*
가면서 함께 가쟈 하든 말슴은
살아서 살을 맛는 표젹이외다

봄풀은 봄이 되면 돋아나지만
나무는 밑 그루를 꺾은 셈이요
새라면 두 죽지가 상한 셈이라
내 몸에 꽃 필 날은 다시 업구나

밤마다 닭 소래라 날이 첫 시時면
당신의 넋맞이로 나가볼 때요
그믐에 지는 달이 산에 걸니면
당신의 길신가리** 차릴 때외다

* 고인 물이 없어지거나 줄어들다.
** 죽은 사람의 길을 인도하기 위해 하는 굿.

세월은 물과 같이 흘러가지만
가면서 함께 가쟈 하든 말슴은
당신을 아주 닞든 말슴이지만
죽기 전 또 못 닞을 말슴이외다

마른 강 두덕에서

서리 맞은 닙들만 쌔울지라도
그 밑이야 강물의 자취 안이랴
닙새 우헤 밤마다 우는 달빛이
흘리가든 강물의 자취 안이랴

빨내 소래 물소래 선녀의 노래
물 싯치든 돌 우헨 물때뿐이라
물때 무든 조악돌 마른 갈숲이
이제라고 강물의 터야 안이랴

빨내 소래 물소래 선녀의 노래
물 싯치든 돌 우헨 물때뿐이라

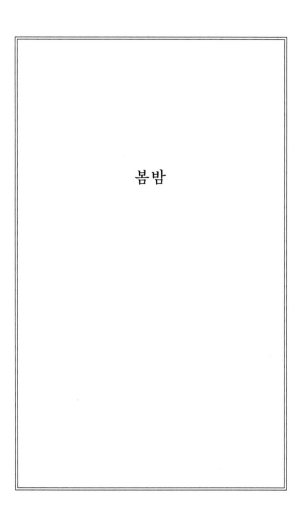

봄밤

봄밤

실버드나무의 검으스렷한 머리결인 낡은 가지에
제비의 넓은 깃나래의 감색 치마에
술집의 창 녑페, 보아라, 봄이 앉았지 안는가.

소리도 업시 바람은 불며, 울며, 한숨지워라
아무런 줄도 업시 설고 그립은 새캄한 봄밤
보드랍은 습기는 떠돌며 땅을 덥퍼라.

밤

홀로 잠들기가 참말 외롭아요
맘에는 사뭇차도록 그립어와요
이리도 무던이
아주 얼골조차 닞힐듯해요.

벌써 해가 지고 어둡는대요,
이곳은 인천에 제물포, 이름난 곳,
부슬부슬 오는 비에 밤이 더디고
바다바람이 칩기만 합니다.

다만 고요히 누어 드르면
다만 고요히 누어 드르면
하이얏케 밀어드는 봄 밀물이
눈압플 가루막고 흐느낄 뿐이야요.

꿈꾼 그 옛날

밖에는 눈, 눈이 와라,
고요히 창 아래로는 달빛이 드러라.
어스름 타고서 오신 그 여자는
내 꿈의 품속으로 드러와 안거라.

나의 벼개는 눈물로 함빡히 젖었어라.
그만 그 여자는 가고 마랏느냐.
다만 고요한 새벽, 별 그림자 하나가
창틈을 엿보아라.

꿈으로 오는 한 사람

나이 차라지면서 가지게 되엿노라
숨어잇는 한 사람이, 언제나 나의,
다시 깁픈 잠 속의 꿈으로 와라
붉으럿한 얼골에 가늣한 손가락의,
모르는듯한 거동도 전날의 모양대로
그는 야저시 나의 팔 우헤 누어라
그러나, 그래도 그러나!
말할 아무것이 다시 업는가!
그냥 먹먹할뿐, 그대로
그는 니러라. 닭의 홰치는 소래.
깨여서도 늘, 길거리엣 사람을
밝은 대낮에 빗보고는 하노라

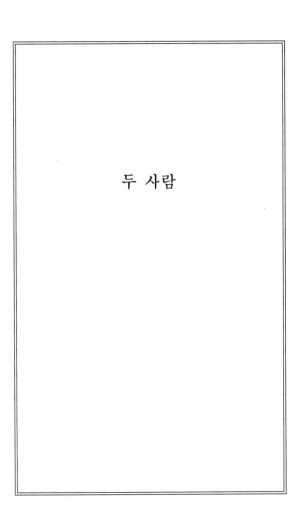

두 사람

눈 오는 저녁

바람 자는 이 저녁
흰 눈은 퍼붓는데
무엇 하고 계시노
같은 지녁 금년수年온··············

꿈이라도 꾸면은!
잠들면 만날넌가.
닞었던 그 사람은
흰 눈 타고 오시네.

저녁때. 흰 눈은 퍼부어라.

자주 구름

물 고흔 자주 구름,
하눌은 개여오네.
밤중에 몰내 온 눈
솔숲에 꽃 피엿네.

아츰 볕 빛나는데
알알이 뛰노는 눈

밤새에 지난 일은…………
다 닞고 바라보네.

움직어리는 자주 구름.

두 사람

흰 눈은 한 닙
또 한 닙
영 기슭을 덮플 때.
집신에 감발하고 길심 매고
우뚝 니러나면서 도라서도…………
다시금 또 보이는,
다시금 또 보이는.

닭 소래

그대만 업게 되면
가슴 뒤노는 닭 소래 늘 드러라.

밤은 아주 새여올 때
잠은 아주 다라날 때

꿈은 이루기 어려워라.

저리고 아픔이어
살기가 왜 이리 고달프냐.

새벽 그림자 산란한 들풀 우흘
혼자서 거닐어라.

못 닞어

못 닞어 생각이 나겟지요,
그런대로 한세상 지내시구려,
사노라면 닞힐 날 잇스리다.

못 닞어 생각이 나겟지요,
그런대로 세월만 가라시구려,
못 닞어도 더러는 닞히오리다.

그러나 또 한긋 이럿치요,
「그립어 살틀히 못 닞는데,
어쩨면 생각이 떠지나요?」

예전엔 미처 몰낫서요

봄가을 업시 밤마다 돗는 달도
　　　　「예전엔 미처 몰낫서요.」

이럿케 사뭇차게 그려 울 줄도
　　　　「예전엔 미처 몰낫서요.」

달이 암만 밝아도 처다볼 줄을
　　　　「예전엔 미처 몰낫서요.」

이제금 저 달이 서름인 줄은
　　　　「예전엔 미처 몰낫서요.」

자나 깨나 앉으나 서나

자나 깨나 앉으나 서나
그림자 같은 벗 하나이 내게 잇섯습니다.

그러나, 우리는 얼마나 많은 세월을
쓸데업는 괴롭음으로만 보내엿겟습니까!

오늘은 또다시, 당신의 가슴속, 속 모를 곳을
울면서 나는 휘저어바리고 떠납니다그려.

허수한 맘, 둘 곳 없는 심사에 쓰라린 가슴은
그것이 사랑, 사랑이든 줄이 아니도 닛힙니다.

해가 산마루에 저물어도

해가 산마루에 저물어도
내게 두고는 당신 때문에 저뭅니다.

해가 산마루에 올나와도
내게 두고는 당신 때문에 밝은 아츰이라고 할 것입
니다.

땅이 꺼져도 하늘이 문허져도
내게 두고는 끗까지 모두 다 당신 때문에 잇습니다.

다시는, 나의 이러한 맘뿐은, 때가 되면,
그림자같이 당신한테로 가우리다.

오오, 나의 애인이엇든 당신이어.

나의 김억 씨에게.

무주공산

꿈

닭 개 즘생조차도 꿈이 잇다고
니르는 말이야 잇지 안은가,
그러하다, 봄날은 꿈꿀 때.
내 몸에야 꿈이나 잇스랴,
아아 내 세상의 끗티어,
나는 꿈이 그립어, 꿈이 그립어.

맘 켱기는 날

오실 날
아니 오시는 사람!
오시는 것 같게도
맘 켱기는 날!
어느덧 해도 지고 날이 저무네!

하눌 꿋

불연듯
집을 나서 산을 치달아
바다를 내다보는 나의 신세여!
배는 떠나 하눌로 꿋들 가누나!

개아미

진달래꽃이 피고
바람은 버들가지에서 울 때,
개아미는
허리 가늣한 개아미는
봄날의 한나절, 오늘 하루도
고달피 부주런히 집을 지어라.

제비

하눌로 나라다니는 제비의 몸으로도
일정한 깃을 두고 도라오거든!
어찌 설지 안으랴, 집도 업는 봄이야!

부헝새

간밤에
뒤창 밖에
부헝새가 와서 울더니,
하로를 바다 우헤 구름이 캄캄.
오늘도 해 못 보고 날이 저무네.

만리성

밤마다 밤마다
온 하로밤!
쌓았다 헐었다
긴 만리성!

수아*

설다 해도
웬만한,
봄이 안이어,
나무도 가지마다 눈을 터서라!

*나무에 튼 싹.

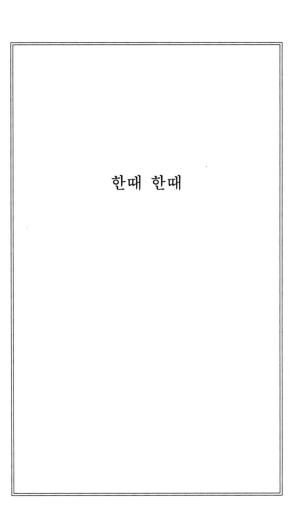

한때 한때

담배

나의 긴 한숨을 동무하는
못 닞게 생각나는 나의 담배!
내력을 닞어버린 옛 시절에
낫다가 새업시 몸이 가신
아씨님 무덤 우의 풀이라고
말하는 사람도 보앗서라.
어물어물 눈압페 스러지는 검은 연기,
다만 타 붙고 업서지는 불꽃.
아 나의 괴롭은 이 맘이어.
나의 하염업시 쓸쓸한 많은 날은
너와 한가지로 지나가라.

어버이

잘살며 못살며 할 일이 안이라
죽지 못해 산다는 말이 잇나니,
바이 죽지 못할 것도 안이지마는
금년에 열네 살, 아들딸이 잇서서
순복에 아버님은 못 하노란다.

실제

이 가람과 저 가람이 모두 처흘러
그 무엇을 뜻하는고?

비딥음을 모르는 딩신의 맘

죽은 듯이 어둡은 깊픈 골의
꺼림측한 괴롭은 몹쓸 꿈의
퍼르죽죽한 불길은 흐르지만
더듬기에 짓치운 두 손길은
불어가는 바람에 식히셔요

밝고 호젓한 보름달이
새벽의 흔들니는 물노래로
수줍음에 침음에 숨을 듯이
떨고 잇는 물 밑은 여기외다.

미덥음을 모르는 당신의 맘

저 산과 이 산이 마주 서서
그 무엇을 뜻하는고?

부모

낙엽이 우수수 떠러질 때,
겨울의 기나긴 밤,
어머님하고 둘이 앉아
옛니야기 드러라.

나는 어쩌면 생겨나와
이 니야기 듯는가?
묻지도 마라라, 내일 날에
내가 부모 되여서 알아보랴?

후살이

홀로된 그 여자
근일에 와서는 후살이 간다 하여라.
그러치 안으랴, 그 사람 떠나서
이제 십 년, 저 혼자 더 살은 오늘날에 와서야……
모두 다 그럴듯한 사람 사는 일레요.

닛었던 맘

집을 떠나 먼 저곳에
외로히도 다니든 내 심사를!
바람 부러 봄꽃이 필 때에는
이쩨타 그대는 또 왓는가,
저도 닛고 나니 저 모르든 그대
어찌하야 옛날의 꿈조차 함께 오는가.
쓸데도 업시 서럽게만 오고 가는 맘.

봄비

어룰 업시 지는 꽃은 가는 봄인데
어룰 업시 오는 비에 봄은 우러라.
서럽다, 이 나의 가슴속에는!
보라, 놉픈 구름 나무의 푸릇한 가지.
그러나 해 늦으니 어스름인가.
애달피 고흔 비는 그어오지만
내 몸은 꽃자리에 주저앉아 우노라.

비단 안개

눈들이 비단 안개에 둘니울 때,
그때는 차마 닞지 못할 때러라.
만나서 울든 때도 그런 날이오,
그리워 미친 날도 그런 때러라.

눈들이 비단 안개에 둘니울 때,
그때는 홀 목숨은 못 살 때러라.
눈 풀니는 가지에 당치마귀로
젊은 계집 목매고 달닐 때러라.

눈들이 비단 안개에 둘니울 때,
그때는 종달새 솟을 때러라.
들에랴, 바다에랴, 하늘에서랴,
알지 못할 무엇에 취할 때러라.

눈들이 비단 안개에 둘니울 때,
그때는 차마 닞지 못할 때러라.
첫사랑 잇든 때도 그런 날이오
영이별 잇든 날도 그런 때러라.

기억

달 아래 싀멋 업시 섯든 그 여자,
서잇든 그 여자의 햇슥한 얼골,
햇슥한 그 얼골 적이 파룻함.
다시금 실벗듯한 가지 아래서
시컴은 머리길은 번쩍어리며.
다시금 하로밤의 식는 강물을
평양의 긴 단장은 숫고 가든 때.
오오 그 싀멋 업시 섯든 여자여!

그립다 그 한밤을 내게 가깝던
그대여 꿈이 깁든 그 한동안을
슬픔에 귀여움에 다시 사랑의
눈물에 우리 몸이 맛기웟든 때.
다시금 고지낙한 성밖 골목의
사월의 늦어가는 뜬눈의 밤을
한두 개 등불 빛은 우러 새든 때.

오오 그 싀멋 업시 섯든 여자여!

애모

왜 안이 오시나요.
영창에는 달빛, 매화꽃이
그림자는 산란히 휘젓는데.
아이. 눈 깍 감고 요대로 잠을 들쟈.

저 멀니 들니는 것!
봄철의 밀물 소래
물나라의 영롱한 구중궁궐, 궁궐의 오요한 곳.
잠 못 드는 용녀龍女의 춤과 노래, 봄철의 밀물 소래.

어듭은 가슴속의 구석구석…………
환연한 거울 속에, 봄 구름 잠긴 곳에,
소솔비 나리며, 달무리 둘녀라.
이대도록 왜 안이 오시나요. 왜 안이 오시나요.

몹쓸 꿈

봄 새벽의 몹쓸 꿈
깨고 나면!
울짖는 가막까치, 놀나난 소래,
너희들은 눈에 무엇이 보이느냐.

봄철의 좋은 새벽, 풀이슬 매첫서라.
볼지어다, 세월은 도모지 편안한데,
두세업는 저 가마귀, 새들게 울짖는 저 까치야,
나의 흉한 꿈 보이느냐?

고요히 또 봄바람은 봄의 뷘 들을 지나가며,
이윽고 동산에서는 꽃닙들이 흩어질 때,
말 드러라, 애틋한 이 여자야, 사랑의 때문에는
모두 다 사납은 조짐인 듯, 가슴을 뒤노아라.

그를 꿈꾼 밤

야밤중, 불빛이 밝하게
어렴프시 보여라.

들니는 듯, 마는 듯,
발자국 소래.
스러져가는 발자국 소래.

아무리 혼자 누어 몸을 뒤재도
잃어버린 잠은 다시 안 와라.

야밤중, 불빛이 밝하게
어렴프시 보여라.

분 얼골

불빛에 떠오르는 샛보얀 얼골,
그 얼골이 보내는 호젓한 냄새,
오고 가는 입술의 주고받는 잔,
가느스럼한 손길은 아르대여라.

검으스러하면서도 붉으스러한
어렴풋하면서도 다시 분명한
줄그늘 우헤 그대의 목노리,
달빛이 수풀 우흘 떠 흐르는가.

그대하고 나하고 또는 그 계집
밤에 노는 세 사람, 밤의 세 사람,
다시금 술잔 우의 긴 봄밤은
소리도 업시 창밖으로 새여 빠져라.

여자의 냄새

푸른 구름의 옷 닙은 달의 냄새.
붉은 구름의 옷 닙은 해의 냄새.
안이, 땀 냄새, 때 무든 냄새,
비에 맞아 축엽은 살과 옷 냄새.

푸른 바다………… 어즈리는 배……
보드랍은 그립은 엇든 목숨의
조고마한 푸룻한 그무러진 영
어우러져 빗기는 살의 아우성……

다시는 장사* 지나간 숲 속엣 냄새.
유령 실은 널뛰는 배간엣 냄새.
생고기의 바다의 냄새.
늦은 봄의 하늘을 떠도는 냄새.

* 풍수설에 따라 집터나 묏자리 따위의 좋고 나쁨을 가려내는 사람.

모래 두던** 바람은 그물 안개를 불고
먼 거리의 불빛은 달 저녁을 우러라.
냄새 많은 그 몸이 좋습니다.
냄새 많은 그 몸이 좋습니다.

서울 밤

붉은 전등.
푸른 전등.
넓다란 거리면 푸른 전등.
막다른 골목이면 붉은 전등.
전등은 반짝입니다.
전등은 그무립니다.
전등은 또다시 어스렷합니다.
전등은 죽은듯한 긴 밤을 지킵니다.

나의 가슴의 속 모를 곳의
어둡고 밝은 그 속에서도
붉은 전등이 흐득여 웁니다.
푸른 전등이 흐득여 웁니다.

붉은 전등.
푸른 전등.
머나먼 밤하늘은 새캄합니다.
머나먼 밤하늘은 새캄합니다.

서울 거리가 좋다고 해요,
서울 밤이 좋다고 해요.
붉은 전등.
푸른 전등.
나의 가슴의 속 모를 곳의
푸른 전등은 고적합니다.
붉은 전등은 고적합니다.

아내 몸

들고 나는 밀물에
배 떠나간 자리야 잇스랴.
어질은 아내인 남의 몸인 그대요
「아주, 엄마 엄마라고 불니우기 전에.」

굴뚝이기에 연기가 나고
돌바우 안이기에 좀이 드러라.
젊으나 젊으신 청하눌인 그대요,
「착한 일 하신 분네는 천당 가옵시리라.」

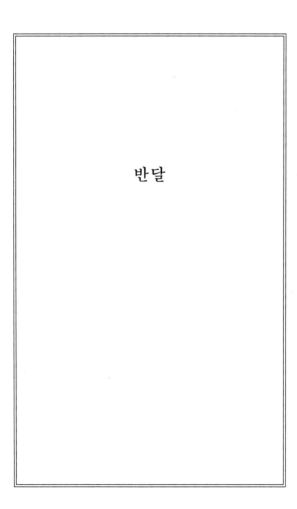

반달

가을 아즘에

엇득한 퍼스렷한 하늘 아래서
회색의 지붕들은 번쩍어리며,
성긋한 섭나무의 드믄 수풀을
바람은 오다가다 울며 만날 때,
보일낙 말낙 하는 멧골에서는
안개가 어스러히 흘러 싸혀라.

아아 이는 찬비 온 새벽이러라.
냇물도 닙새 아래 어러붓누나.
눈물에 쎄여 오는 모든 기억은
피 흘린 상처조차 아직 새롭은
가주난아기*같이 울며서 두는
내 영을 에워싸고 속살거려라.

* 갓난아기.

「그대의 가슴속이 가뷔엽든 날
그립은 그 한때는 언제여섯노!」
아아 어루만지는 고흔 그 소래
쓸아린 가슴에서 속살거리는,
밉음도 부꾸럼도 닞은 소래에,
끗업시 하염업시 나는 우러라.

가을 저녁에

물은 희고 길구나, 하눌보다도.
구름은 붉구나, 해보다도.
서럽다, 놉파가는 긴 들 끗테
나는 떠돌며 울며 생각한다, 그대를.

그늘 깁퍼 오르는 발 압프로
끗업시 나아가는 길은 압프로.
키 놉픈 나무 아래로, 물 마을은
성긋한 가지가지 새로 떠올은다.

그 누가 온다고 한 언약도 업것마는!
기다려볼 사람도 업것마는!
나는 오히려 못물가를 싸고 떠돈다.
그 못물로는 놀이 자즐 때.

반달

희멀끔하여 떠돈다, 하늘 우헤,
빗죽은 반달이 언제 올낫나!
바람은 나온다, 저녁은 칩구나,
횐 물가엔 뚜렷이 해가 드누나.

어둑컴컴한 풀 업는 들은
찬 안개 우흐로 떠 흐른다.
아, 겨울은 깁펏다, 내 몸에는,
가슴이 문허저 나려앉는 이 서름아!

가는 님은 가슴엣 사랑까지 업세고 가고
젊음은 늙음으로 밧구여든다.
들가시나무의 밤드는 검은 가지
　닙새들만 저녁 빛에 희그무려히 꽃 지듯 한다.

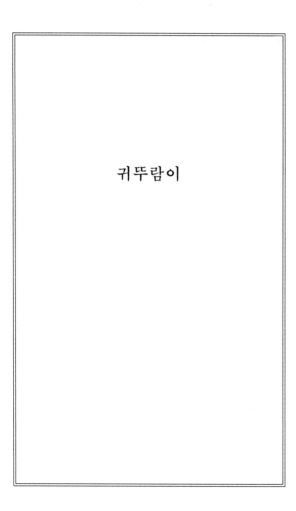

귀뚜람이

만나려는 심사

저녁 해는 지고서 어스름의 길,
저 먼 산엔 어두워 잃어진 구름,
만나려는 심사는 웬 셈일까요,
그 사람이야 올 길 바이없는데,
발길은 누 마중을 가잔 말이냐.
하늘엔 달 오르며 우는 기러기.

옛 낯

생각의 끗테는 졸음이 오고
그립음 끗테는 닛음이 오나니,
그대여, 말을 마러라, 이후부터,
우리는 옛 낯 업는 서름을 모르리.

깁피 믿던 심성

깁피 믿던 심성이 황량한 내 가슴속에,
오고 가는 두서너 구우*를 보면서 하는 말이
「인저는, 당신네들도 다 쓸데업구려!」

*舊友. 옛 친구 또는 사귄 지 오래된 친구.

꿈

꿈? 영의 해적임. 서름의 고향.
울쟈, 내 사랑, 꽃 지고 저무는 봄.

님과 벗

벗은 서름에서 반갑고
님은 사랑에서 좋아라.
딸기꽃 피여서 향기롭은 때를
고초의 붉은 열매 닉어가는 밤을
그대여, 부르라, 나는 마시리.

지연*

오후의 네길거리 해가 드럿다,
시정**의 첫겨울의 적막함이어,
우둑키 문어귀에 혼자 섯스면,
흰 눈의 닙사귀, 지연이 뜬다.

오시는 눈

땅 우헤 쌔하얏케 오시는 눈.
기다리는 날에는 오시는 눈.
오늘도 저 안 온 날 오시는 눈.
저녁불 켤 때마다 오시는 눈.

서름의 덩이

꿇어앉아 올니는 향로의 향불.
내 가슴에 죠고만 서름의 덩이.
초닷새달 그늘에 빗물이 운다.
내 가슴에 죠고만 서름의 덩이.

낙천

살기에 이러한 세상이라고
맘을 그렀케나 먹어야지,
살기에 이러한 세상이라고,
꽃 지고 닙 진 가지에 바람이 운다.

바람과 봄

봄에 부는 바람, 바람 부는 봄,
적은 가지 흔들니는 부는 봄바람,
내 가슴 흔들니는 바람, 부는 봄,
봄이라 바람이라 이 내 몸에는
꽃이라 술잔이라 하며 우노라.

눈

새하얀 흰 눈, 가뷔얍게 밟을 눈,
재 같아서 날릴 듯 꺼질듯한 눈,
바람엔 흩어져도 불길에야 녹을 눈.
계집의 마음. 님의 마음.

깁고 깁픈 언약

몹쓸은 꿈을 깨여 도라눕을 때,
봄이 와서 멧나물 돋아 나올 때,
아름답은 젊은이 압플 지날 때,
닞어버렸던 듯이 저도 모르게,
얼결에 생각나는 '깁고 깁픈 언약'

붉은 조수

바람에 밀녀드는 저 붉은 조수
저 붉은 조수가 밀어 들 때마다
나는 저 바람 우헤 올나서서
푸룻한 구름의 옷을 닙고
불 같은 저 해를 품에 안고
저 붉은 조수와 나는 함께
뛰놀고 십구나, 저 붉은 조수와.

남의 나라 땅

도라다보이는 무쇠 다리
얼결에 띄워 건너서서
숨 그르고 발 놋는 남의 나라 땅.

천리만리

말리지 못할 만치 몸부림하며
마치 천리만리나 가고도 십픈
맘이라고나 하여볼까.
한줄기 쏜살같이 뻗은 이 길로
줄곧 치달아 올나가면
불붙는 산의, 불붙는 산의
연기는 한두 줄기 피여올나라.

생과 사

살았대나 죽었대나 같은 말을 가지고
사람은 살아서 늙어서야 죽나니,
그러하면 그 역시 그럴 듯도 한 일을,
하필코 내 몸이라 그 무엇이 어째서
오늘도 산마루에 올나서서 우느냐.

어인

헛된 줄 모르고나 살면 좋아도!
오늘도 저 넘에 편 마을에서는
고기잡이배 한 척 길 떠낫다고.
작년에도 바닷놀이 무섭엇건만.

귀뚜람이

산바람 소래.
찬비 뜻는 소래.
그대가 세상 고락 말하는 날 밤에,
순막집 불도 지고 귀뚜람이 우러라.

월색

달빛은 밝고 귀뚜람이 울 때는
우둑키 싀멋 업시 잡고 섯든 그대를
생각하는 밤이어, 오오 오늘 밤
그대 차자 다리고 서울로 가나?

바다가 변하야 뽕나무밭 된다고

불운에 우는 그대여

불운에 우는 그대여, 나는 아노라
무엇이 그대의 불운을 지엇는지도,
부는 바람에 날려,
밀물에 흘러,
굳어진 그대의 가슴속도.
모다 지나간 나의 일이면.
다시금 또 다시금
적황의 포말은 북고여라, 그대의 가슴속의
암청의 이기어, 거츠른 바위
치는 물가의.

바다가 변하야 뽕나무밭 된다고

걷잡지 못할만한 나의 이 설음,
저무는 봄 저녁에 져가는 꽃닙,
져가는 꽃닙들은 나붓기어라.
예로부터 닐너오며 하는 말에도
바다가 변하야 뽕나무밭 된다고.
그러하다, 아름답은 청춘의 때의
잇다든 온갓 것은 눈에 설고
다시금 낯 모르게 되나니,
보아라, 그대여, 서럽지 안은가,
봄에도 삼월의 져가는 날에
붉은 피같이도 쏘다저나리는
저기 저 꽃닙들을, 저기 저 꽃닙들을.

황촉*불

황촉불, 그저도 깜앗케
스러져가는 푸른 창을 기대고
소리조차 업는 흰 밤에,
나는 혼자 거울에 얼골을 묻고
뜻 업시 생각 업시 드려다보노라.
나는 니르노니, 「우리 사람들
첫날밤은 꿈속으로 보내고
죽음은 조는 동안에 와서,
별 좋은 일도 업시 스러지고 마러라.」

* 밀랍으로 만든 초.

홋길

어버이님네들이 외오는 말이
「딸과 아들을 기르기는
홋길을 보자는 심성이로라.」
그러하다, 분명히 그네들도
두 어버이 틈에서 생겼서라.
그러나 그 무엇이냐, 우리 사람!
손 드러 가르치든 먼 홋날에
그네들이 또다시 자라 커서
한길같이 외오는 말이
「홋길을 두고 가자는 심성으로
아들딸을 늙도록 기르노라.」

맘에 잇는 말이라고 다 할까 보냐

하소연하며 한숨을 지우며
세상을 괴롭어하는 사람들이어!
말을 나쁘지 안토록 좋이 꾸밈은
닳아진 이 세상의 버릇이라고, 오오 그대들!
맘에 잇는 말이라고 다 할까 보냐.
두세 번 생각하라, 위선* 그것이
저부터 밑지고 드러가는 쟝사일진댄.
사는 법이 근심은 못 갈은다고,
남의 설음을 남은 몰나라.
말 마라, 세상, 세상 사람은
세상에 좋은 이름 좋은 말로서
한 사람을 속옷마저 벗긴 뒤에는
그를 네길거리에 세워노하라, 쟝승도 마치 한가지.
이 무슴 일이냐, 그날로부터,
세상 사람들은 제각금 제 비위의 헐한 값으로

*우선.

그의 몸값을 매마쟈고 덤벼들어라.

오오 그러면, 그대들은 이후에라도

하눌을 우러르라, 그저 혼자, 설꺼나 괴롭거나.

부부

오오 아내여, 나의 사랑!
하눌이 무어준 짝이라고
믿고 살음이 마땅치 안이한가.
아직 다시 그러랴, 안 그러랴?
이상하고 별납은 사람의 맘,
저 몰나라, 참인지, 거즛인지?
정분으로 얼근 딴 두 몸이라면.
서로 어그점인들 또 잇스랴.
한평생이라도 반 백 년
못 사는 이 인생에!
연분의 긴 실이 그 무엇이랴?
나는 말하려노라, 아무러나,
죽어서도 한곳에 묻히더라.

나의 집

들가에 떠러저 나가 앉은 멧기슭의
넓은 바다의 물가 뒤에,
나는 지으리, 나의 집을,
다시금 큰길을 압페다 두고.
길로 지나가는 그 사람들은
제각금 떠러저서 혼자 가는 길.
하이얀 여울턱에 날은 저물 때.
나는 문간에 서서 기다리리
새벽 새가 울며 지새는 그늘로
세상은 희게, 또는 고요하게,
번쩍이며 오는 아츰부터,
지나가는 길손을 눈녁여보며,
그대인가고, 그대인가고.

새벽

낙엽이 발이 숨는 못물가에
우뚝우뚝한 나무 그림자
물 빛조차 어섬프러히 떠오르는네,
나 혼자 섯노라 아직도 아직도,
동녘 하눌은 어둡은가.
천인에도 사랑 눈물, 구름 되여,
외롭은 꿈의 벼개, 흐렷는가
나의 님이어, 그러나 그러나
고히도 붉으스레 물 질너와라
하눌 밟고 저녁에 섯는 구름.
반달은 중천에 지새일 때.

구름

저기 저 구름을 잡아타면
붉게도 피로 물든 저 구름을,
밤이면 새캄한 저 구름을.
잡아타고 내 몸은 저 멀니로
구만리 긴 하눌을 날라 건너
그대 잠든 품속에 안기렷더니,
애스러라, 그리는 못 한대서,
그대여, 드르라 비가 되여
저 구름이 그대한테로 나리거든,
생각하라, 밤저녁, 내 눈물을.

녀름의 달밤

외 2편

녀름의 달밤

서늘하고 달 밝은 녀름밤이어
구름조차 희미한 녀름밤이어
그지업시 거룩한 하늘로서는
젊음의 붉은 이슬 젖어 나려라.

행복의 맘이 도는 놉픈 가지의
아슬아슬 그늘 닙새를
배불너 기여도는 어린 벌레도
아아 모든 물결은 복 받아서라.

버더버더 오르는 가시덩굴도
희미하게 흐르는 푸른 달빛이
기름 같은 연기에 멕감을너라.
아아 너무 좋아서 잠 못 드러라.

우굿한 풀대들은 춤을 추면서
갈닙들은 그윽한 노래 부를 때.
오오 내려 흔드는 달빛 가운데
나타나는 영원을 말로 색여라.

자라는 물베 이삭 벌에서 불고
마을로 은銀숫드시 오는 바람은
녹잣추는 향기를 두고 가는데
인가들은 잠드러 고요하여라.

하로 종일 일하신 아기 아바지
농부들도 편안히 잠드러서라.
영 시슭의 어득한 그늘 속에선
쇠스랑과 호미뿐 빛이 피여라.

이윽고 식새리의 우는 소래는
밤이 드러가면서 더욱 자즐 때
나락밭 가운데의 움물가에는
농녀의 그림자가 아직 잇서라.

달빛은 그무리며 넓은 우주에
잃어졌다 나오는 푸른 별이요.
식새리의 울음의 넘는 곡조요.
아아 기쁨 가득한 녀름밤이어.

삼간집에 불붙는 젊은 목숨의
정열에 목매치는* 우리 청춘은
서느럽은 녀름밤 닙새 아래의
희미한 달빛 속에 나붓기어라.

＊목메다.

한때의 쟈랑 많은 우리들이어
농촌에서 지나는 녀름보다도
녀름의 달밤보다 더 좋은 것이
인간에 이 세상에 다시 잇스랴.

죠고만 괴롭음도 내여바리고
고요한 가운데서 귀 기우리며
흰 달의 금물결에 노를 저어라
푸른 밤의 하눌로 목을 놓아라.

아아 찬양하여라 좋은 한때를
흘너가는 목슴을 많은 행복을.
녀름의 어스러한 달밤 속에서
꿈같은 즐겁음의 눈물 흘러라.

오는 봄

봄날이 오리라고 생각하면서
쓸쓸한 긴 겨울을 지나보내라.
오늘 보니 백양*의 버든 가지에
전에 업시 흰 새가 앉아 우러라.

그러나 눈이 깔닌 두던 밑에는
그늘이냐 안개냐 아즈랑이냐.
마을들은 곳곳이 움직임 업시
저편 하눌 아래서 평화롭건만.

새들게 지껄이는 까치의 무리.
바다를 바라보며 우는 가마귀.
어디로서 오는지 종경 소래는
젊은 아기 나가는 조곡弔曲일너라.

---

* 황철나무, 사시나무, 은백양을 이르는 말.

보라 때에 길손도 머뭇거리며
지향 업시 갈 발이 곳을 몰나라.
사뭇치는 눈물은 꼿티 업서도
하눌을 쳐다보는 살음의 기쁨.

저마다 외롭음의 깁픈 근심이
오도 가도 못하는 망상거림에
오늘은 사람마다 님을 어이고
곳을 잡지 못하는 서름일너라.

오기를 기다리는 봄의 소래는
때로 여윈 손꿋틀 울닐지라도
수풀 밑에 서리운 머리길들은
걸음걸음 피로히 발에 감겨라.

물마름

주으린 새무리는 마른 나무의
해지는 가지에서 재갈이든 때.
온종일 흐르든 물 그도 곤하여
놀지는 골짜기에 목이 메든 때.

그 누가 아랏스랴 한쪽 구름도
걸녀서 흐득이는 외롭은 영을
숨차게 올나서는 여윈 길손이
달고 쓴 맛이라면 다 겪은 줄을.

그곳이 어디드냐 남이 장군이
말 멕여 물 찌엇든 푸른 강물이
지금에 다시 흘러 뚝을 넘치는
천백 리 두만강이 예서 백십 리.

무산의 큰 고개가 예가 아니냐
누구나 네로부터 의를 위하야
싸우다 못 이기면 몸을 숨겨서
한때의 못난이가 되는 법이라.

그 누가 생각하랴 삼백 년 내에
차마 받지 다 못할 한과 모욕을
못 니겨 칼을 잡고 니러섯다가
인력의 다함에서 스러진 줄을.

부러진 대쪽으로 활을 메우고
녹슬은 호미쇠로 칼을 별너서
도독된 삼천리에 북을 울니며
정의의 기를 들든 그 사람이어.

그 누가 기억하랴 다복동에서
피 물든 옷을 닙고 외치든 일을
정주성 하로밤의 지는 달빛에
애끈친 그 가슴이 숫기된 줄을.

물 우의 뜬 마름에 아츰 이슬을
불붙는 산마루에 피엿든 꽃을
지금에 우러르며 나는 우노라
이루며 못 이룸에 박한 이름을.

바리운 몸

우리 집

이 바루
외따로 와 지나는 사람 업스니
「밤 자고 가쟈」 하며 나는 앉아라.

저 멀니, 하느 편에
배는 떠나 나가는
노래 들니며

눈물은
흘러 나려라
스르르 나려감는 눈에.

꿈에도 생시에도 눈에 선한 우리 집
또 저 산 넘어 넘어
구름은 가라.

바리운 몸

꿈에 울고 니러나
들에
나와라.

들에는 소슬비
머구리는 우러라.
플 그늘 어둡은데

뒤짐 지고 땅 보며 머뭇거릴 때.

누가 반디불 꾀여드는 수풀 속에서
「간다 잘살어라」하며, 노래 불너라.

들도리

들꽃은
피여
흩어졌어라.

들풀은
들로 한 벌 가득키 자라 높팟는데,
뱀의 헐벗은 묵은 옷은
길분전의 바람에 날라도라라.

저 보아, 곳곳이 모든것은
번쩍이며 살아있어라.
두 나래 펼쳐 떨며
소리개도 높피 떠서라.

때에 이 내 몸
가다가 또다시 쉬기도 하며,
숨에 찬 내 가슴은
기쁨으로 채와져 사뭇 넘처라.

걸음은 다시금 또 더 압프로……………

바라건대는 우리에게
우리의 보섭 대일 땅이 잇섯더면

나는 꿈꾸엿노라, 동무들과 내가 가즈란히
벌가의 하로 일을 다 마치고
석양에 마을로 도라오는 꿈을,
즐거히, 꿈 가운데.

그러나 집 잃은 내 몸이어,
바라건대는 우리에게 우리의 보섭 대일 땅이 잇섯
더면!
이처럼 떠도르랴, 아츰에 저물 손에
새라새롭은 탄식을 어드면서.

동이랴, 남북이랴,
내 몸은 떠가나니, 볼지어다,
희망의 반짝임은, 별빛이 아득임은.
물결뿐 떠올나라, 가슴에 팔다리에.

그러나 엇지면 황송한 이 심정을! 날로 나날이
내 압페는
자츳 가느른 길이 니어가라. 나는 나아가리라
한 걸음, 또 한 걸음. 보이는 산비탈엔
온 새벽 동무들 저 저 혼자………… 산경을 김
매이는.

밭고랑 우헤서

우리 두 사람은
키 놉피 가득 자란 보리밭, 밭고랑 우헤 앉았어라.
일을 필하고 쉬이는 동안의 기쁨이어.
지금 두 사람의 니야기에는 꽃이 필 때.

오오 빛나는 태양은 나려 쪼이며
새 무리들도 즐겁은 노래, 노래 불너라.
오오 은혜여, 살아있는 몸에는 넘치는 은혜여,
모든 은근스럽음이 우리의 맘속을 차지하여라.

세계의 끗튼 어디? 자애의 하늘은 넓게도 덮였는데,
우리 두 사람은 일하며, 살아있어서,
하늘과 태양을 바라보아라, 날마다 날마다도,
새라새롭은 환희를 지어내며, 늘 같은 땅 우헤서.

다시 한번 활기 잇게 웃고 나서, 우리 두 사람은
바람에 일니우는 보리밭 속으로
호미 들고 드러갓서라, 가즈란히 가즈란히,
걸어 나아가는 기쁨이어, 오오 생명의 향상이어.

엄숙

나는 혼자 뫼 우헤 올나서라.
솟아 퍼지는 아츰 햇볕에
풀닙도 번쩍이며
바람은 소삭여라.
그러나
아아 내 몸의 상처 받은 맘이어
맘은 오히려 저푸고 아픔에 고요히 떨녀라
또 다시금 나는 이 한때에
사람에게 잇는 엄숙을 모다 느끼면서.

저녁때

마소의 무리와 사람들은 도라들고, 적적히 뷘 들에,
엉머구리 소래 우거져라.
푸른 하늘은 더욱 낮추, 먼 산비탈 길 어둔데
우뚝우뚝한 드높픈 나무, 잘 새도 깃드러라.

볼수록 넓은 벌의
물 빛을 물끄럼히 드려다보며
고개 숙우리고 박은 듯이 홀로 서서
긴 한숨을 짓느냐. 왜 이다지!

온 것을 아주 닞었어라, 깁흔 밤 예서 함께
몸이 생각에 가뷔엽고, 맘이 더 놉피 떠오를 때.
문득, 멀지 안은 갈숲 새로
별빛이 솟구어라.

합장

나들이. 단 두 몸이라. 밤빛은 배여와라.
아, 이거 봐, 우거진 나무 아래로 달 드러라.
우리는 말하며 걸었어라, 바람은 부는 대로.

등불 빛에 거리는 해적여라, 희미한 하느 편에
고히 밝은 그림자 아득이고
퍽도 가까힌, 풀밭에서 이슬이 번쩍여라.

밤은 막 깁퍼, 사방은 고요한데,
이마즉, 말도 안 하고, 더 안 가고,
길가에 우둑허니. 눈 감고 마주 서서.
먼 먼 산. 산 절의 절 종소래. 달빛은 지새여라.

묵념

이슥한 밤, 밤기운 서늘할 제
홀로 창턱에 걸어앉아, 두 다리 느리우고,
첫 머구리 소래를 드러라.
애처롭게도, 그대는 먼첨 혼자서 잠드누나.

내 몸은 생각에 잠잠할 때. 희미한 수풀로서
촌가의 액맥이 제 지나는 불빛은 새여오며,
이윽고, 비난수도 머구리 소리와 함께 자자저라.
가득키 차오는 내 심령은………… 하늘과 땅 사이에.

나는 무심히 니러 걸어 그대의 잠든 몸 우헤 기대여라
움직임 다시 업시, 만뢰*는 구적한데,
희요히 나려비추는 별빛들이
내 몸을 이끄러라, 무한히 더 가깝게.

*자연계에서 나는 온갖 소리.

고독

열락

어둡게 깁게 목메인 하눌.
꿈의 품속으로서 굴러 나오는
애달피 잠 안 오는 유령의 눈결.
그림자 검은 개버드나무에
쏘다쳐 나리는 비의 줄기는
흘늦겨 빗기는 주문의 소리.

시컴은 머리채 푸러헤치고
아우성 하면서 가시는 따님.
헐버슨 벌레들은 꿈틀일 때,
흑혈의 바다. 고목 동굴.

탁목조의
쪼아리는 소리, 쪼아리는 소리.

무덤

그 누가 나를 헤내는 부르는 소리
붉으스럼한 언덕, 여기저기
돌무더기도 음즉이며, 달빛에,
소리만 남은 노래 서리워 엉겨라,
옛 조상들의 기록을 묻어둔 그곳!
나는 두루 찾노라, 그곳에서,
형적 업는 노래 흘러퍼져,
그림자 가득한 언덕으로 여기저기,
그 누가 나를 헤내는 부르는 소리
부르는 소리, 부르는 소리,
내 넋을 잡아 끄러 헤내는 부르는 소리.

비난수하는 맘

함께하려노라, 비난수하는 나의 맘,
모든 것을 한 짐에 묵거가지고 가기까지,
아츰이면 이슬 맞은 바위의 붉온 줄로,
기여오르는 해를 바라다보며, 입을 버리고.

떠도로라, 비난수하는 맘이어, 갈메기같이,
다만 무덤뿐이 그늘을 얼는 이는 하눌 우흘,
바다가의. 잃어버린 세상의 잇다든 모든 것들은
차라리 내 몸이 죽어가서 업서진 것만도 못하건만.

또는 비난수하는 나의 맘, 헐버슨 산 우헤서,
떠러진 닙 타서 오르는, 낸내*의 한 줄기로,
바람에 나붓기라 져녁은, 흩어진 거미줄의
밤에 매든 이슬은 곧 다시 떠러진다고 할지라도.

*연기의 냄새. 물건이 탈 때 일어나는 부옇고 매운 기운.

함께하려 하노라, 오오 비난수하는 나의 맘이어,
잇다가 업서지는 세상에는
오직 날과 날이 닭 소래와 함께 다라나바리며,
가까웁는, 오오 가까웁는 그대뿐이 내게 잇거라!

찬 저녁

퍼르스럿한 달은, 성황당의
데군데군 허러진 담 모도리에
우둑키 걸니웟고, 바위 우의
가마귀 한 쌍, 바람에 나래를 펴라.

엉기한 무덤들은 들먹거리며,
눈 녹아 황토 드러난 멧기슭의,
여기라, 거리 불빛도 떠러저 나와,
집 짓고 드럿노라, 오오 가슴이어

세상은 무덤보다도 다시 멀고
눈물은 물보다 더덥음이 업서라.
오오 가슴이어, 모닥불 피여오르는
내 한 세상, 마당가의 가을도 갓서라.

그러나 나는, 오히려 나는
소래를 드르라, 눈석이물이 씩어리는,
땅 우헤 누어서, 밤마다 누어,
담 모도리에 걸닌 달을 내가 또 봄으로.

초혼

산산히 부서진 이름이어!
허공중에 헤여진 이름이어!
불너도 주인 업는 이름이어!
부르다가 내가 죽을 이름이어!

심중에 남아잇는 말 한마디는
꼿꼿내 마저 하지 못하엿구나.
사랑하든 그 사람이어!
사랑하든 그 사람이어!

붉은 해는 서산마루에 걸니웟다.
사슴이의 무리도 슬피 운다.
떠러저 나가 앉은 산 우헤서
나는 그대의 이름을 부르노라.

서름에 겹도록 부르노라.
서름에 겹도록 부르노라.
부르는 소리가 빗겨가지만
하눌과 땅 사이가 너무 넓구나.

선 채로 이 자리에 돌이 되여도
부르다가 내가 죽을 이름이어!
사랑하든 그 사람이어 !
사랑하든 그 사람이어!

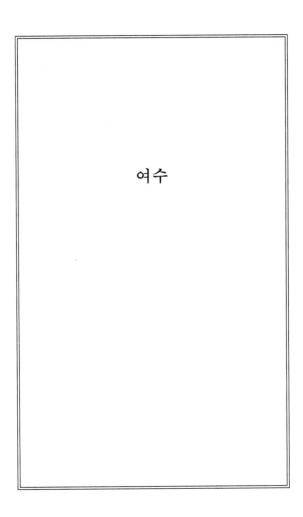

여수

여수 1

유월 어스름 때의 빗줄기는
암황색의 시골*을 묵거 세운 듯,
뜨며 흐르며 잠기는 손의 널쪽은
지향도 업서라, 단청의 홍문!

*시신의 뼈.

여수 2

저 오늘도 그립은 바다,
건너다보자니 눈물겨워라!
조고마한 보드랍은 그 옛적 심정의
분결 같은 그대의 손의
사시나무보다도 더한 아픔이
내 몸을 에워싸고 휘떨며 쩔너라,
나서 자란 고향의 해 돋는 바다요.

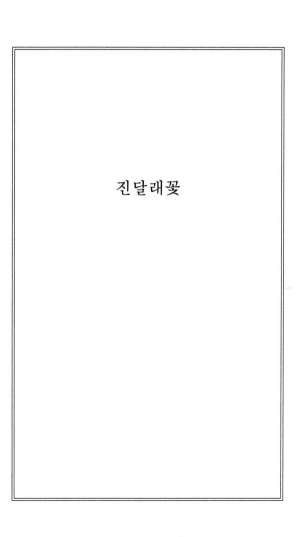

진달래꽃

개여울의 노래

그대가 바람으로 생겨낫스면!
달 돋는 개여울의 뷘 들 속에서
내 옷의 압자락을 불기나 하지.

우리가 굼벙이로 생겨낫스면!
비 오는 저녁 캄캄한 영 기슭의
미욱한 꿈이나 꾸어를 보지.

만일에 그대가 바다난 끗의
벼랑에 돌로나 생겨낫드면,
둘이 안고 굴며 떠러나지지.

만일에 나의 몸이 불귀신이면
그대의 가슴속을 밤도아 태와
둘이 함께 재 되여 스러지지.

가는 길

그립다
말을 할까
하니 그리워

그냥 갈까
그래도
다시 더 한 번……

저 산에도 가마귀, 들에 가마귀,
서산에는 해 진다고
지저귑니다.

앞 강물, 뒤 강물,
흐르는 물은
어서 따라오라고 따라가쟈고
흘러도 연달아 흐릅디다려.

길

어제도 하로밤
나그네 집에
가마귀 가왁가왁 울며 새엿소.

오늘은
또 몃십 리
어디로 갈까.

산으로 올나갈까
들로 갈까
오라는 곳이 업서 나는 못 가오.

말 마소 내 집도
정주곽산
차 가고 배 가는 곳이라오.

여보소 공중에
저 기러기
공중엔 길 잇서서 잘 가는가?

여보소 공중에
저 기러기
열십자 복판에 내가 섯소.

갈내갈내 갈닌 길
길이라도
내게 바이 갈 길은 하나 업소.

개여울

당신은 무슨 일로
그리합니까?
홀로히 개여울에 주저앉아서

파릇한 풀포기가
돋아 나오고
잔물은 봄바람에 헤적일 때에

가도 아주 가지는
안노라시든
그러한 약속이 잇섯겟지요

날마다 개여울에
나와 앉아서
하염업시 무엇을 생각합니다

가도 아주 가지는

안노라심은

굳이 넣지 말라는 부탁인지요

왕십리

비가 온다
오누나
오는 비는
올지라도 한 닷새 왔스면 좋지.

여드레 스무날엔
온다고 하고
초하로 삭망이면 간다고 했지.
가도 가도 왕십리 비가 오네.

웬걸, 저 새야
울려거든
왕십리 건너가서 울어나다고,
비 맞아 나른해서 벌새가 운다.

천안에 삼거리 실버들도
촉촉히 젖어서 느러젓다데.
비가 와도 한 닷새 왓스면 좋지.
구름도 산마루에 걸녀서 운다.

원앙침

바드득 니를 갈고
죽어볼까요
창가에 아롱아롱
달이 비춘다

눈물은 새우잠의
팔굽벼개요
봄 꿩은 잠이 업서
밤에 와 운다.

두동달이벼개*는
어디 갓는고
언제는 둘이 자든 벼개머리에
「죽쟈 사쟈」 언약도 하여보앗지.

*갓 혼인한 부부가 함께 베는 긴 베개.

봄 메의 멧기슭에
우는 접동도
내 사랑 내 사랑
좋이 울것다.

두동달이벼개는
어디 갓는고
창가에 아롱아롱
달이 비춘다.

무심

시집와서 삼 년
오는 봄은
거츤 벌 난벌에 왔습니다

거츤 벌 난벌에 피는 꽃은
졌다가도 피노라 니릅디다
소식 업시 기다린
이태 삼 년

바로 가든 압 강이 간 봄부터
구뷔 도라 휘도라 흐른다고
그러나 말 마소, 압 여울의
물 빛은 예대로 푸르럿소

시집와서 삼 년

어느 때나

터진 개 개여울의 여울물은

거츤 벌 난벌에 흘럿습니다.

산

산새도 오리나무
우헤서 운다
산새는 왜 우노, 시메산골
영 넘어갈나고 그래서 울지.

눈은 나리네, 와서 덮이네.
오늘도 하룻길
칠팔십 리
도라서서 육십 리는 가기도 햇소.

불귀*, 불귀, 다시 불귀,
삼수갑산에 다시 불귀.
사나이 속이라 닛으련만,
십오 년 정분을 못 닛겟네

*不歸, 돌아오지 아니함. 혹은 사람의 죽음을 비유적으로 이르는 말.

산에는 오는 눈, 물에는 녹는 눈.

산새도 오리나무

우혜서 운다.

삼수갑산 가는 길은 고개의 길.

삭주구성

물로 사흘 배 사흘
먼 삼천 리
더더구나 걸어 넘는 먼 삼천 리
삭주구성은 산을 넘은 육천 리요

물 맞아 함빡히 젖은 제비도
가다가 비에 걸녀 오노랍니다
저녁에는 놉픈 산
밤에 놉픈 산

삭주구성은 산 넘어
먼 육천 리
가끔가끔 꿈에는 사오천 리
가다 오다 도라오는 길이겟지요

서로 떠난 몸이길내 몸이 그리워
님을 둔 곳이길내 곳이 그리워
못 보앗소 새들도 집이 그리워
남북으로 오며 가며 안이합디까

들 끗테 나라가는 나는 구름은
밤쯤은 어디 바로 가잇슬 텐고
삭주구성은 산 넘어
먼 육천 리

널

성촌의 아가씨들
널뛰노나
초파일 날이라고
널을 뛰지요

바람 부러요
바람이 분다고!
담 안에는 수양의 버드나무
채색 줄 충충 그네 매지를 마라요

담 밖에는 수양의 느러진 가지
느러진 가지는
오오 누나!
휘졋이 느러저서 그늘이 깁소.

좋다 봄날은

몸에 겹지

널뛰는 성촌의 아가씨네들

널은 사랑의 버릇이라오

춘향과 이도령

평양에 대동강은
우리나라에
곱기로 으뜸가는 가람이지요

삼천리 가다가다 한가운데는
우뚝한 삼각산이
솟기도 햇소

그래 올소 내 누님, 오오 누이님
우리나라 섬기든 한 옛적에는
춘향과 이도령도 살았다지요

이편에는 함양, 저편에 담양,
꿈에는 가끔가끔 산을 넘어
오작교 차자 차자 가기도 햇소

그래 올소 누이니 오오 내 누님

해 돋고 달 돋아 남원 땅에는

성춘향 아가씨가 살았다지요

접동새

접동
접동
아우래비접동

진두강 가람가에 살든 누나는
진두강 압마을에
와서 웁니다

옛날, 우리나라
먼 뒤쪽의
진두강 가람가에 살든 누나는
이붓어미 시샘에 죽엇습니다

누나라고 불너보랴
오오 불설워
시새움에 몸이 죽은 우리 누나는
죽어서 접동새가 되엿습니다

아움이나 남아되든 오랩동생을
죽어서도 못 닛어 차마 못 닛어
야삼경 남 다 자는 밤이 깁프면
이 산 저 산 옮아가며 슬피 웁니다

집 생각

산에나 올나서서
바다를 보라
사면에 백열 리, 창파 중에
객선만 중중…… 떠나간다.

명산대찰이 그 어드메냐
향안, 향탑, 대그릇에,
석양이 산머리 넘어가고
사면에 백열 리, 물소래라

「젊어서 꽃 같은 오늘날로
금의로 환고향하옵소사.」
객선만 중중…… 떠나간다
사면에 백열 리, 나 어찌 갈까

까토리도 산속에 새끼 치고
타관만리에 와잇노라고
산중만 바라보며 목메인다
눈물이 압플 가리운다고

들에나 나려오면
치어다보라
해님과 달님이 넘나든 고개
구름만 첩첩⋯⋯ 떠도라 간다

산유화

산에는 꽃 피네
꽃이 피네
갈봄 녀름 업시
꽃이 피네

산에
산에
피는 꽃은
저만치 혼자서 피여잇네

산에서 우는 적은새요
꽃이 좋아
산에서
사노라네

산에는 꽃 지네

꽃이 지네

갈봄 녀름 업시

꽃이 지네

진달래꽃

나 보기가 역겨워
가실 때에는
말업시 고히 보내드리우리다

영변에 약산
진달래꽃
아름 따다 가실 길에 뿌리우리다

가시는 걸음걸음
노힌 그 꽃을
삽분히 즈려밟고 가시옵소서

나 보기가 역겨워
가실 때에는
죽어도 아니 눈물 흘리우리다

꽃촉불 켜는 밤

꽃촉불 켜는 밤

꽃촉불 켜는 밤, 깁픈 골방에 만나라.
아직 젊어 모를 몸, 그래도 그들은
「해 달같이 밝은 맘, 저저마다 잇노라.」
그러나 사랑은 한두 번만 안이라, 그들은 모르고.

꽃촉불 켜는 밤, 어스러한 창 아래 만나라.
아직 압길 모를 몸, 그래도 그들은
「솔대같이 굳은 맘, 저저마다 잇노라.」
그러나 세상은, 눈물 날 일 많아라, 그들은 모르고.

부귀공명

거울 드러 마주 온 내 얼골을
좀 더 미리부터 아랏던들,
늙는 날 죽는 날을
사람은 다 모르고 사는 탓에,
오오 오직 이것이 참이라면,
그러나 내 세상이 어디인지?
지금부터 두여들 좋은 연광*
다시 와서 내게도 잇슬 말로
전보다 좀 더 전보다 좀 더
살음즉이 살넌지 모르런만.
거울 드러 마주 온 내 얼골을
좀 더 미리부터 아랏던들!

*젊은 나이. 세월.

추회

나쁜 일까지라도 생의 노력,
그 사람은 선사*도 하엿서라
그러나 그것도 허사라고!
나 역시 알지마는, 우리들은
꿋꿋내 고개를 넘고 넘어
짐 싯고 닷든 말도 순막집의
허청가, 석양 손에
고요히 조으는 한때는 다 잇나니,
고요히 조으는 한때는 다 잇나니.

*착한 일, 좋은 일.

무신 無信

그대가 도리켜 물을 줄도 내가 아노라,
「무엇이 무신함이 잇더냐?」하고,
그러나 무엇하랴 오늘날은
야속히도 당장에 우리 눈으로
볼 수 업는 그것을, 물과 같이
흘러가서 업서진 맘이라고 하면.

검은 구름은 멧기슭에서 어정거리며,
애처롭게도 우는 산의 사슴이
내 품에 속속드리 붙안기는 듯.
그러나 밀물도 쎄이고 밤은 어둡어
닻 주엇든 자리는 알 길이 업서라.
시정의 홍정 일은
외상으로 주고받기도 하건마는.

꿈길

물구슬의 봄 새벽 아득한 길
하늘이며 들 사이에 널븐 숲
젖은 향기 붉웃한 닙 우의 길
실그물의 바람비 쳐 젖은 숲
나는 걸어가노라 이러한 길
밤저녁의 그늘진 그대의 꿈
흔들니는 다리 우 무지개 길
바람조차 가을봄 거츠는 꿈

희망

날은 저물고 눈이 나려라
낯서른 물가으로 내가 왓슬 때.
산속의 올빼미 울고 울며
떠러진 닙들은 눈 아래로 깔녀라.

아아 소살스럽은 풍경이어
지혜의 눈물을 내가 어들 때!
이제금 알기는 알앗건만은!
이 세상 모든 것을
한갓 아름답은 눈얼님의
그림자뿐인줄을.

이울어 향기 깁픈 가을밤에
우무주러진 나무 그림자
바람과 비가 우는 낙엽 우헤.

사노라면 사람은 죽는 것을

하로라도 멧 번식 내 생각은
내가 무엇하랴고 살랴는지?
모르고 살았노라, 그럴 말로
그러나 흐르는 저 냇물이
흘러가서 바다로 든댈진댄.
일로조차 그러면, 이 내 몸은
애쓴다고는 말부터 넞으리라.
사노라면 사람은 죽는 것을
그러나, 다시 내 몸,
봄빛의 불붙는 사태흙에
집 짓는 저 개아미
나도 살려 하노라, 그와 같이
사는 날 그날까지
살음에 즐겁어서,
사는 것이 사람의 본뜻이면
오오 그러면 내 몸에는

다시는 애쓸 일도 더 엄서라
사노라면 사람은 죽는 것을.

하다못해 죽어달내가 올나

아조 나는 바랄 것 더 업노라
빛이랴 허공이랴,
소리만 남은 내 노래를
바람에나 띄워서 보낼밖에.
하다못해 죽어달내가 올나
좀 더 놉픈 데서나 보앗스면!

한세상 다 살아도
살은 뒤 업슬 것을,
내가 다 아노라 지금까지
살아서 이만큼 자랏스니.
예전에 지나본 모든 일을
살았다고 니를 수 잇슬진댄!

물가의 닳아져 널닌 굴껍풀에
붉은가시덤불 버더늙고
어득어득 저문 날을
비바람에 울지는 돌무더기
하다못해 죽어달내가 올나
밤의 고요한 때라도 지켯스면!

전망

부엿한 하눌, 날도 채 밝지 안앗는데,
흰 눈이 우멍구멍 쌔운 새벽,
저 남편 물가 우헤
이상한 구름은 층층대 떠올나라.

마을 아기는
무리 지어 서재로 올나들 가고,
시집살이하는 젊은이들은
가끔가끔 움물길 나드러라.

소색한 난간 우흘 거닐으며
내가 볼 때 온 아츰, 내 가슴의,
좁펴 옮긴 그림장이 한 넙풀,
한갓 더운 눈물로 어룽지게.

어깨 우헤 총 메인 산양바치
반백의 머리털에 바람 불며
한 번 달음박질. 올 길 다 왔서라.
흰 눈이 만산편야 쌔운 아츰.

나는 세상모르고 살았노라

「가고 오지 못한다」는 말을
철업든 내 귀로 드럿노라.
만수산을 나서서
옛날에 갈나선 그 내 님도
오늘날 뵈올 수 잇섯스면.

나는 세상모르고 살았노라,
고락에 겨운 입술로는
같은 말도 죠곰 더 영리하게
말하게도 지금은 되엿건만.
오히려 세상모르고 살았스면!

「도라서면 무심타」는 말이
그 무슨 뜻인 줄을 아랏스랴.
제석산 붙는 불은 옛날에 갈나선 그 내 님의
무덤엣 풀이라도 태왓스면!

금잔디

금잔디

잔디,
잔디,
금잔디,
심심산천에 붙는 불은
가신 님 무덤가에 금잔디.
봄이 왔네, 봄빛이 왔네.
버드나무 끗터도 실가지에.
봄빛이 왔네, 봄날이 왔네,
심심산천에도 금잔디에.

강촌

날 저물고 돋는 달에
흰 물은 쏼쏼…………
금모래 반짝………….
청노새 몰고 가는 낭군!
여기는 강촌
강촌에 내 몸은 홀로 사네.
말하자면, 나도 나도
늦은 봄 오늘이 다 진토록*
백년처권을 울고 가네.
길쎄 저문 나는 선비,
당신은 강촌에 홀로된 몸.

* 다하여 없어지도록.

첫 치마

봄은 가나니 저문 날에,
꽃은 지나니 저문 봄에,
속업시 우나니, 지는 꽃을,
속업시 느끼나니 가는 봄을.
꽃 지고 닙 진 가지를 잡고
미친 듯 우나니, 집난이는
해 다 지고 저문 봄에
허리에도 감은 첫 치마를
눈물로 함빡이 쥐여짜며
속업시 우노나 지는 꽃을,
속업시 느끼노나, 가는 봄을.

달맞이

정월 대보름날 달맞이
달맞이 달마중을, 가쟈고!
새라새옷은 갈아입고도
가슴엔 묵은 설음 그대로,
달맞이 달마중을, 가쟈고!
달마중 가쟈고 니웃집들!
산 우헤 수면에 달 솟을 때,
도라들 가쟈고, 니웃집들!
모작별 삼성이 떠러질 때.
달맞이 달마중을 가쟈고!
다니든 옛 동무 무덤가에
정월 대보름날 달맞이!

엄마야 누나야

엄마야 누나야 강변 살쟈,
뜰에는 반짝는 금모래빛,
뒷문 밖에는 갈닙의 노래
엄마야 누나야 강변 살쟈.

닭은 꼬꾸요

닭은 꼬꾸요

닭은 꼬꾸요, 꼬꾸요 울 제,
헛잡으니 두 팔은 밀녀낫네.
애도 타리만치 기나긴 밤은………
꿈 깨친 뒤엔 감도록 잠 아니 오네.

우혜는 청초 언덕, 곳은 집섬,
엇저녁 대인 남포 배간.
몸을 잡고 뒤재며 누엇스면
솜솜하게도 감도록 그리워 오네.

아모리 보아도
밝은 등불, 어스렷한데.
감으면 눈 속엔 흰 모래밭,
모래에 어린 안개는 물 우헤 슬 제

대동강 뱃나루에 해 돋아오네.

김소월

1902~1934

전통적인 정서를 노래한 시인 김소월은 1902년 평
안북도에서 태어났으며 본명은 김정식이다. 유년시
절 숙모에게 옛날이야기와 민요를 들으며 자랐는데
이것이 소월의 문학적 자양분이 되었다. 오산학교
에 다니던 시절인 1920년 김억의 소개로 『창조』에
『낭인의 봄』 등의 시를 실으며 작품 활동을 시작했
고, 1922년 배재고등보통학교로 편입한 뒤 『개벽』
에 『진달래꽃』 『개여울』 등의 작품을 발표하며 활발
한 활동을 펼쳤다. 1923년 일본 도쿄상과대학에 입
학하였으나 9월 관동대지진으로 중퇴하고 귀국하
였다. 서울에 잠시 머문 뒤 고향으로 내려가 할아버

지의 광산 일을 돕다가 처가가 있는 구성군으로 이사하여 『동아일보』 지국을 경영하였다. 그러나 일이 잘되지 않아 파산에 이르렀고 고리대금업에도 손을 댔으나 이마저 실패하여 술에 기대기 시작했다. 이후 작품 활동도 거의 하지 못하고 생활고에 시달리며 허송세월하던 김소월은 33세 되던 1934년 겨울, 아편을 먹고 스스로 목숨을 끊었다. 문단에서 활동한 기간이 짧았음에도 불구하고 150여 편의 시를 남겼고 1925년 『진달래꽃』을 출간했으며 그의 사후에는 김억이 『소월시초』를 엮어냈다.

진달래꽃

1925

한국 서정시의 기념비적 작품인 『진달래꽃』이 실려있는 김소월의 시집이다. 김소월이 생전에 펴낸 유일한 시집이며 시집이 간행되기 전까지 쓰인 시를 모두 수록했다. 『먼 후일』『합장』『금잔디』『개여울』『초혼』등 총 127편의 시가 16부 구성에 나뉘어 실려있다. 1925년 12월 23일 인쇄하여 12월 26일 매문사에서 국반판 양장본으로 발행하였다. 시 대부분이 김소월이 오산학교에 다니던 시절 쓰인 것으로 정한의 정서를 민요적 전통을 계승, 발전시킨 율격으로 현대시로 구현해낸 그의 전반기 시 세계가 잘 드러나 있다.